KB260430

느낌표와 물음표로 보는
사랑 이야기

느낌표와 물음표로 보는 사랑 이야기
한영숙 유고시집

초판 인쇄 | 2011년 1월 25일
초판 발행 | 2011년 1월 30일

지은이 | 한영숙
펴낸이 | 신현운
펴낸곳 | 연인M&B
디자인 | 이희정
기 획 | 여인화
등 록 | 2000년 3월 7일 제2-3037호
주 소 | 143-874 서울특별시 광진구 자양동 680-25호(2층)
전 화 | (02)455-3987 팩스 | (02)3437-5975
홈주소 | www.yeoninmb.co.kr
이메일 | yeonin7@hanmail.net

값 8,000원

ISBN 978-89-6253-078-0 03810

느낌표와 물음표로 보는
사랑 이야기

한영숙 유고시집

연인M&B

진정한 사람 또는 따뜻한 시

문효치
(시인 · 미네르바 발행인 겸 주간)

한솔 시인이 타계한 지 벌써 일 년이 되어간다. 그냥 무심하게 뇌까리던 '인생무상' 이 지금은 글자 한 자 한 자가 절실하게 가슴에 와 닿는다. 그 곱던 자태, 다정한 성품과 고매한 인품이 몹시도 그리워진다.

한낱 손재주로 시를 쓰는 시인이 아닌, 정말 속에서 우러나오는 진실을 가지고 시를 쓴 시인 한솔. 그는 시를 남기기 이전에 따뜻한 정을 남기고 삶을 반듯하게 살아가는 규범을 남기고 그리운 추억을 남겼다. 그의 기일이 다가오니 이승에서는 다시 볼 수 없는 그 모습이 더욱 애절하게 느껴진다.

이제 그의 여식 조미경님이 유작들을 모아 시집으로 엮는다 하니 한없이 서운하고 공허했던 마음에 다소 위로가 된다. 한솔 시인도 하늘나라에서 무척 기뻐하리라 믿는다.

한솔 시인의 시편들의 많은 부분은 사람과 사람의 관계에서 창조의 힘을 얻고 있다. 사람과 사람이 서로 기대어 체온을 느끼면서 세상에 버티어 서는 모습들이 그의 시에는 드러나 있다. 내가 네게로 네가 내게로 스며들면서 영혼의 교류를 통해 선의 경지에 다다르는 모습들을 그는 노래하고 있다. 사람을 따뜻한 눈길로 바라보고 좋아하고 품어 주고 신뢰하던 한솔 시인, 그래서 그가 있는 곳은 언제나 밝고 포근했다.

시인이란 시를 잘 쓰는 기술자가 아니다. 물론 글을 잘 다루는 기능을 기본으로 갖춰야겠지만 그 너머 훈훈한 인간 정신을 구현하고 가치 있는 창조적 세계를 펼쳐 보여 주어야 참된 시인이라 할 것이다. 그런 의미에서 한솔은 진정한 시인의 길을 걸어온 분이라고 생각한다.

언제나 겸손하고 차분하고 경건한 마음으로 시 앞에 섰으며 한 줄의 시를 쓰기 위해서도 진지하게 사색하고 번민하던 모습이 동료, 후배들을 감동케 했다. 비록 문단을 떠들썩하게 휘저으며 이름을 날리거나 대중의 박수와 환호를 받는 인기 시인은 아니었지만 보일 듯 말 듯하면서 확연히 보이고 있는 듯 없는 듯하면서 분명하게 있는, 아니 있어야만 할 시인이었다. 그의 시는 큰 목소리로 외치지 않지만 우리의 귀 속 깊이 파고들었고 화려한 수사는 없지만 진한 울림이 가슴으로 전해졌다.

그가 그렇게도 좋아하고 품고 신뢰하던 '사람', 그중에서도 '어머니'에 대한 사모의 정은 끝없이 지극했음을 알 수 있다.

항상 우리들 가슴에

하늘로 앉아 계시던 어머니

언제부터였나

열꽃 진 자리에 저승꽃 하나 둘 피더니

거닐던 동산에 신 벗어 놓고 방에 들어

무릎으로 기고 어느 때는 엉치로

세상 배밀이를 하더니 요즈음은 와불로 누워

아들 등에 업히고 며느리 품에 안기면서

시나브로 세상 얼굴을 하나 둘

지웠습니다 어느 날 갑자기 아기로 돌아간 어머니

하루에도 몇 번씩 수화기를 들고는

'여보세요, 여보세요' 세상을 불러 세웠지만

세상이 먼저 떠난 빈 자리에 켜켜이 쌓이는 침묵

머쓱히 웃고는 전화기를 밀어 놓았습니다

그날은 돌연히 숨이 차

평생의 숨소리가 모두 턱으로 몰려온 듯

길고 깊은 큰 숨을 고르다가 마지막 눈

한 번 떠 보고는 불씨가 꺼지듯

따뜻한 껍질만을 남겨 두고는

잡을 수도 따라갈 수도 없는 길로 횡하니

떠나셨습니다 어머니 탯줄을 놓쳤습니다

끊어진 자리가 100일이 지난 오늘도 너무

아픕니다 어머니

　　─〈어머니의 해넘이〉 전문

　　'가슴에 하늘로 앉아 계시던 어머니'에 대한 사모의 심
회가 아마도 그의 인생 속에 세차게 관류하고 있었던 듯

하다. 그런 어머니의 마지막 가는 모습을 지켜보면서 슬퍼하고 아파하는 한솔 시인의 절절함이 독자의 심금을 울린다.

한솔의 시편들은 모두 그의 삶 속에서 얻어진 소중한 경험들을 담백하면서도 진실한 어투로 풀어 줌으로써 우리에게 깊은 감명을 선사하고 있다. 아, 이제 이승에서는 다시 볼 수 없는 모습, 들을 수 없는 목소리, 아깝고 안타깝다. 다만 이 시집을 읽으며 고아한 한솔을 추억할 수밖에 없다. 아직 슬픔을 밀어내지 못한 이승에 남아 있는 가족들에게 이 시집이 큰 위로가 되기를 바란다. 그리고 이제는 사랑하는 어머니 곁에 함께 계시는 한솔 시인, 그곳에서 부디 많은 행복 누리시기를 비는 마음으로 시인의 유고시집에 이 글을 부친다.

추억의 창

"젊음이여, 늙음을 두려워 마라"

서투른 매너로 미움 살 일도
세상 깊이를 가름 못해 허방 짚을 일도
돌아갈 줄 모르는 혈기에 빗장뼈 부러질 일도
생애의 동반자를 찾아 외눈으로 밤거리를 쏘다닐 일도
파도쳐 오는 욕심을 쫓아 불나방같이 불에 뛰어들 일도
모두 썰물같이 빠져나간 노년의 빈자리에
오늘은 청매화 하얗게 꽃피어 심경深境이 눈부시다

까치노을 붉게 물드는 하늘을 저공으로 비행하는, 한 해
한 달 한 주일이 화살 시간으로 달려간다. 2006년 입학 50
년 기념으로 '여행의 꿈'을 계획하고 달마다 모여 기금을
준비하고 있는 우린, 육십대에 만나도 언제나 이십대에 돌
아가는 행복한 청춘?
 1950년 중학교 입학은 6.25전쟁으로 피난생활, 1953년
고교생활은 '정전 반대', '휴전 반대' 데모로 교실을 비우

기도 하던 때, 전쟁고아 전쟁미망인, 이산離散의 슬픔과 굶주림이 집집마다 겹겹으로 쌓여 비틀거릴 때 세계구호물자 밀가루와 분유로 배고픔을 딛고 일어서던 시절, 1956년 딸에게도 대학의 문을 열게 해 준 부모님께 늘 감사한다.

그 당시만 해도 여성의 사회활동은 사주 센 여자의 몫이라고 외면하던 시절, 가정학과에 딸을 보내 현모양처 부덕婦德의 길을 가도록 권유하던 아버지 뜻에 순종한 딸들의 모임 가사과, 조리실습 시간엔 조별로 풍로에 숯불을 피우느라 매운 눈물 흘리며 부채질로 불꽃을 피우던 날, 오븐 가스렌지 세탁기 청소기 냉장고는, 유학한 교수님들의 꿈같은 이야기.

아궁이에 불 때서 밥 국을 끓이던 세월, 그럴듯한 낭만 하나 없이 수업 끝나면 집에 가 어머니 일을 돕던 때 나는 김남조 선생님의 문학특강, 한 과목을 더 신청했다. 선생님은 숙제로 제출한 내 시詩의 한 연連을 예로 들면서 칭찬을 해 주던 기억, 지금도 잊을 수 없다.(아버지 산소에 다녀와서 쓴 시였음)

3학년 2학기쯤? 서울공대생들과 과科 미팅이 약속된 날, 설레이는 가슴으로 학교에 가니 우리 학년 과 대표(이의숙) 어머니가, 이 일을 아시고는 단칼에 잘라 버린 일, 생전 처음 부푼 희망을 풍선같이 날려 보낸, 파란 하늘. 이루어졌다면 신나는 사랑의 파트너 됐을까?

21세기는 남녀 공히 자아실현自我實現의 시대. 여성도 전문직專門職 각분야에서 적극적으로 활동하는, 모든 여성에게 찬양의 박수를 크게 보낸다. 그러나 뒤돌아볼 일 하나가 더 있다. 내 어머니의 어머니, 할머니의 할머니가 인내와 근면과 창의력으로 일구어 뿌리내려온, 전통음식과 예절은 계속 전승해 자손 만만대까지 이어 가야 한다. 어른 공경하기, 배우자 서로 존중하기. 세계적인 석학자 아놀드 토인비가 한국에 와서 남긴 말에 귀 기울여 보자. "한국이 인류문화에 기여할 단 한 가지로 우리의 효孝 사상을 들고 갔다. 효孝 사상은 세계적인 사상으로, 인류의 행복한 미래를 위하여 반드시 전승되어야 한다." "가장 한국적인 것이 가장 세계적인 것이다." 김치가 세계인들의 건강식으로 사랑받는 오늘을 보면서 우리 어머니들의 무궁무진한 지혜에 다시 한 번 경의를 표한다.

2005. 2. 15
한솔 씀

| 조시 |

올해도 아카시 꽃은 필 텐데
—한솔 한영숙 선생님 영전에

박명숙(시인)

'박 시인, 나 우면산에 와 있다
올래?
아카시 꽃이 언제 이렇게 다 피었는지
온통 산이 아카시아 향기야
떡도 쪄 왔어
될 수 있으면 빨리 와'

그날 우리는 얼마나 즐거웠는지요
비닐봉지 가득 아카시 꽃 하얗게 꺾어 꺾어
'이번에도 잘 튀겨 봐
박 시인 맛있게 잘 하더라'

선생님, 선생님 이렇게 정만 담뿍 주시고
잘 있어, 한마디 말씀도 없이
정말 가시다니요

다행히도
지척에 사는 덕에
쪼르르 만나고
전화 걸어
삶에 지친 가슴 털어 내
위로받고
외로움 달랜 행운
이젠 그 보람 어디서 찾아 살까요

보고 싶은 선생님!
이 세상 어떤 여인보다 더
단아하면서도 곱디고운 그 자태
친정어머님이 해 주신 거라며
모본단 한복 차려입고 나오실 때면
어찌 그리도 예쁘시고 우아하시던지요
이제
선생님의 시처럼
아름다운 그 모습
어디서 뵙나요
흐르는 눈물
도랑처럼 흘러도
가시는 길

막을 수만 있다면
어찌
이곳을 떠나겠습니까

어제 병실에서 뵈었을 때
초롱초롱한 눈망울 분명 하고 싶은 말씀
눈으로만 하고 계심을
가슴 미어지도록 알아차렸습니다
'먼저 가서 미안하다고,
언젠가 만날 때까지 잘 살라고,
행복하라고'
당신은 그런 분이셨습니다
남을 배려하고
남의 아픈 가슴까지도 헤아리실 줄 아는
혜량 깊으신 분임을 우린 잘 압니다

그리운 선생님!?
원통합니다
어찌 그렇게 허망히도 가셨나요
못 간다 절대 못 간다
이렇게 빨리는 못 간다
버티셨어야죠

그나저나 선생님
선생님께 못 다한 제 말씀
눈물로 쓴 이 편지
가시는 길에 띄웁니다
이제
기어이 가시는 길
부디 평안하시옵고
영생 누리시옵길 비옵니다.

* 2010年 2月 3日 장례식날.

| 차례 |

1.

결혼

2인 3각 달리기

묶여진 두 발의 주연主演을 위해
각자의 외발은 조연助演으로 달리는 길

두 팔 중 한 팔씩은 서로의 몸을
한 몸으로 지지地支하는 어깨동무

인생의 사계四季를 걷는 빙판길

출발선에 서면 호흡부터 맞추고
묶인 발걸음엔 '하나' 에 구령
남은 발엔 '둘' 에 구호를 실어서
한 몸 한 마음으로 달리는 길

갈수록 가속이 붙는 축복祝福의 길
까치놀 차오르는 노을빛 하늘까지 달린다

느낌표와 물음표로 보는 사랑 이야기

사랑해!
사랑해?
토씨의 부호 한 글자로
사랑하는 이들은 웃고 운다

사랑해!
한 사람의 사랑만으로
만인의 사랑을 둘러매고
평생을 행복으로 도배했다는 착각

사랑해?
물음표 한 자가 자리를 바뀌었을 뿐인데
(사)(랑)(해) 한 글자씩 분해해 놓고
수시로 돋보기를 돌려 가면서
평생을 불행의 늪에 빠졌다는 착각

사랑하는 이들이여
'사랑'을 과학의 미적분으로 풀면
'대뇌에서 분비되는 화학물질로 1년 6개월간 지속'

시들지 않은 꽃도 있나
피었을 때 아름다운 추억을 수시로 가꾸면서
한평생을 가는 이여 바로 그대가 현자賢者

새로 난 잎새같이 여리고 여린 '사랑'에
토씨를 함부로 달고
웃고 울며 가는 이들이여

지키는 사랑 비우는 행복

사랑은
불씨를 지키듯 늘
다독이지 않으면 어느 날
하얀 재로 남는다

행복은
낮은 자리를 찾아
물길이 가듯 마음 자리만 낮추면
언제든 찾아온다

징검돌

자녀의 징검다리가 된
부모는 얼마나 기쁩니까

때론 불어난 개울물에
등짐을 질 때도 있지만
그것은 물 흐르듯 빠져나갑니다

부모의 징검다리가 된
자녀들은 또 얼마나 흐뭇합니까

때로는 불어난 물로
앞이 안 보일 때도 있지만
그 물도 잠시면 빠져갑니다

남편은 아내의 징검다리로
아내는 남편의 징검돌로 살면
부부의 마음자리 또 얼마나 행복합니까

오늘은 나도
누군가에게 징검돌이 되고 싶은 날입니다

아가 돌보기 1
—세상 맛보기

아가는 '미다스 왕'의 손을 가졌나
손 닿는 모두는 그의 먹거리로 변한다

오미五味의 맛을 넘어서
촉감의 맛 위험의 맛에도
결사적으로 달려드는 아가의 세상 맛들이기
벼랑으로 덤불로 차도로 물속으로 빠져들어도
서슴없이 뛰어드는 '돈키호테'가 된다
에퇴퇴……
넣기만 하고 뱉을 줄 모르는 아가
끝내 울고 나서는 흡반 같은 소유욕

벌써부터 시작된 것일까
보호막도 방패도 없는 알몸으로
세상 길들이기에 뛰어든 아가를 본다

아가 돌보기 2
―말타기

15개월 아기

안장도 없이 고삐도 잡지 않은
조가비 같은 작은 손으로 말을 탄다

할아버지 무좀 발로 달려 온 길
평생을 오르다가
풍선만 띄워 보낸 등고선을 향해

오늘도 아가는
천리마로 달리는 할아버지 등 타기에 나섰다

할비 손자가 한몸으로 달리는 경기
우주의 기氣가 모두 몰려오는 신바람 경기가 한창이다

비데

겨울날
따뜻한 그곳에 앉을 때면
할머니 사랑이 연기같이 하얗게 피어 오른다

오빠에게 밀려나고 동생에게 빼앗긴
엄마의 젖가슴을 대신해
품어 주고 업어 주시던 할머니

늘 푸른 산맥이 달리는 손등으로
화롯불에 밤을 구워 노랗게 벗겨 주시던 손길
군밤의 향기가 끝날쯤이면 꿀맛 같은
옛날이야기 한 소절씩 베고 꿈속으로 들면 날들

눈 쌓인 산야를 달려온 황소바람이
문풍지에 걸려 밤새도록 아리아를 부르는 밤
화로의 빨간 청솔가지는 뽀얗게 삭아 들었다

오늘
세상사에 시린 차가운 몸으로 이곳에 오면
할머니 따뜻한 손이 아랫목에 나를 앉힌다

할머니 손등

그녀의 손등엔
언제나 강이 흐르는
푸른 산맥이 구불구불 달리고 있다

날마다
온 식구들의 먹거리와 옷거리가
그녀의 손길을 거쳐서 완성되던
물샐틈없이 바쁜 날들은 그녀 곁을 떠났다

지난날 비로드보다 폭신하고 보드러운 손
오늘은 볼품없는 거미 손

손 마주 잡는 이마다
따스한 마음이 흘러가는 마음의 문
유년의 봉숭아 꽃물 빨갛게 물드는 할머니 곁에
빨강 매니큐어 곱게 빛나는 손톱이 곱다

흑백사진

1956년 S대학교 입학을 사뭇 자랑스럽게 바라보시던 그해 가을 47세 아버지는 하늘이 조각나는 소리와 함께 떼옷을 입으러 산으로 가셨다 전차 소리 트럭 소리 세상의 소리들은 모두 어머니 울음소리로 오래도록 귓속을 맴돌았다 6남매는 네 살 막내와 함께 엄마 치마끈에 올올이 매달려 숨찬 세월을 재촉하느라 아버지 긴 그림자 한 번 돌아보지 못한 채 푸른 숲만 보고 달렸다 무좀 발톱마다 조갑 백선이 하얀 금을 긋고 지나간 날들. 1999년 따뜻한 겨울 90의 어미닌 길고 외로운 잔자리 걷어 아버지 봉분으로 옮겨 가셨다 어머니가 막아섰던 빈 자리엔 얼음 바람이 불어 어깨가 시려 왔다 한 번도 펼쳐보지 못한 낡은 사진첩에선 40대의 아버지가 흑백사진으로 따뜻하게 웃고 계셨다 2000년 봄 A4 크기로 우리들 곁으로 이끌려 나오신 아버지 44년 만의 해후였다

오늘도 방 한켠에서 얼굴 가득 미소를 안고 계신 아버지 눈길 마주칠 때마다 나는 아버지의 안마당 어린 딸로 달려간다

어머니의 실팔찌 1
―사우나에서

따뜻한 물속에 들어오면 언제나 뒤따라와 앉는 겹치기
그림 한 폭

탈곡기 쉴 새 없이 돌아가는 타작마당
벼가 장정壯丁의 키를 넘어서는 마당귀에서 종일
키질하시던 어머니. 머리수건 벗어 짚북데기 털면서
부엌에 들어가 아궁이에 불 때며, 장독대로
우물가로 종종걸음 치던 어머니의 늦가을 풍경

불씨 살려 밥 짓느라 매운 눈물맛 볼일도
절구질로 팔죽지에 불날 일도, 낮은 부뚜막으로 허리 휠
일도 삶은 빨래 방망이 두들겨 손목 시고 어깨 쑤실 일도
명주에 홍두깨 올린 맞다듬이에 신바람 날 일도 없는
오늘
집 들어서면 24시간 '차렷' 자세로 대기하고 있는
압력솥 가스렌지 믹서기 세척기 청소기 세탁기들
집 나서면 '마트'에 쌓인 인스탄트 · 반 조리 · 완전조리
식품들, 계절을 접은 채 유통시간에 목숨을 걸고 하루종일
기다리는 먹거리들로 나의 하루 여행은 책 속으로 떠난다
행간 사이사이에 침잠해 버린 활자를 찾아 연連과 연連
사이 숨은 그림을 만나러 늘 빨갛게 물드는 나의 눈망울

밀어 놓고 키를 손에 잡는다 키질할수록 금싸라기로 쌓이
는 시어詩語들로 목줄이 땡기면, 파란 해수 찰랑거리는 수
영장에 들어가 양수 속을 유영하고 나와 온탕에 앉으면
그림자 같이 따라와 앉는 이가 있다

　평생 한 번도 따끈한 물속에 잠수해 본 일 없는 그녀, 손
마디 퉁그러지도록 일하고 무릎관절 닳도록 달려온 삶의
길에서 붉어지는 얼굴빛, 높아가는 목소리, 한 번도 보여
준 들려 준 날 없이 늘 하얀 행주치마 당그란 매무새. 그
녀의 뼈 마디마디의 아픔이 내 허리 어깨선을 넘어 목까
지 차오른다

어머니의 실팔찌 2
―다듬이소리

달빛을 타고 오는 다듬이 가락이
창호지 문살을 오르내리는 초저녁

'오석 다듬이'에 푸새한 하얀 옥양목
솔기마다 접힌 이야기 개켜 놓고 앉아
터질세라 칠세라 가락에 맞춰 가며
다듬이 하던 한국 여인들의 '심정 교향곡'
무엇이 저토록 청명한 가락으로 신명을 돋을까

'방망이 가락'에 오르내리는 어깨 춤사위
반지르르하게 일어서는 옷감들의 즐거운 함성에
삼종지도三從之道의 응어리도 가난의 구김살도
올올이 풀려 가는 은빛 다듬이 가락
가는 곳마다 인정이 박꽃처럼 피던 맑은 세상
민화民話 속 한 폭 그림으로 걸려 빛 바래져 가는 날

뒤뜰에 쫓겨와 방망이도 홍두깨도 잃고 혼자
달빛 가락을 감아올리고 있는 '다듬이 돌'을 만났네

배달겨레를 하얗게 다듬질하여
백의민족白衣民族으로 우뚝 세워 놓고

바느질로 날밤을 새우던, 지구촌에서
가장 바지런하고, 솜씨가 금성같이 빛나던 여인들
오늘은 침향의 천년 잠을 자고 있는가

동작동 비둘기

나뭇가지마다 새순으로 청청한 날
구우구우 구구욱……
삼백육십오 일 햇살 한줌
잡지 못한 현충탑 속
화강암에 쪼아 넣은 이십만의 넋

아들 찾아
황소울음을 토하시던
어머니의 아들 병이
오늘 아침 또 도지는 소리
구우구우 구구욱

생사 확인 1
—판토마임

한반도 공동경비구역
무슨 재갈로
반세기의 침묵을 고집하고 섰는가

해 질 녘 정한수 떠놓고
50년 치성 들이던 노모老母
선산에 가 떼옷 입고
그리운 화석으로 누웠는데

당신은 50년 오늘도
어두운 들녘에 서서
관객 없는 판토마임을
아직도 연출하고 섰는가

생사 확인 2
―파란 깃발

1950. 12. 1
잔치 차일 태풍에 찢겨 나가고
어두운 구름 떼 하늘 가득 몰려왔다
18세 장남이 집을 비운 후
47세 아버지가 세상을 등졌고
홀어머니 혼자서 차려야만 했던 꽃잔치 6번
그때 돌애기는 50줄에 들어섰고
사막의 모래알같이 타는 그리움을 안은 채
90 노모는 선산으로 떠나셨다

밤의 궁창을 가속으로 도망친 반세기의 날들
이제는 꿈길에서도 만날 수 없어
'노래방' 에서나 목청껏 불러 보는 '오빠 생각'

2001. 2. 9 하늘 한자락 펄럭이더니
빼꼼히 열린 틈 사이로 고향을
가족을 찾는 생사 확인 이름 틈새로

파란 깃발을 흔들고 선 68세의 한대석韓大錫
50년 죽음의 숲이 천년 '상림지' 로 돌아서는 生의 환희
땅 위엔 동생들 모여 눈물로 축배를 나누었고
땅속엔 어머니 통곡 소리 세상의 잠을 깨우는 동안 내내
아버진 끓는 가슴에다 담배 불티를 털고 있었으리

생사 확인 3
―눈물

가슴에 파도치는 기쁨
뼈마디를 두들기고 오는 슬픔
살 한 점씩 떨어져 나가는 아픔
하룻밤 몇 만 리로 달려가 이별
까맣게 숨어 버린 소식 한 잎 날아오는 순간
눈물샘이 둑으로 터져
한바탕 쏟아 내고 나면
한여름 소낙비 뒤 파란 하늘 보듯
가슴 뜰에도 맑은 하늘 내려앉는
당신은 몇 번이나 있었나

47세 아버지가 운명하실재
18세 군인 간 오빠가 68세 할아버지로
먼 숲의 낙엽으로 흔들릴재
나는 눈물샘이 둑으로 터지는 아픔을 안았다

너는 인간의 무엇이기에
슬픈 일 기쁜 일 아픈 일에 앞서
눈앞을 가로막는가

생사 확인 4
―일방통행, 그리운 하늘

펜대를 던진 18세는
총대를 들고 싸움터로 불려갔다

전쟁의 불꽃 꺼진 지 오랜 재마저 날아가 버린 날
수십 차례 남북회담이 열렸어도
사막의 모래알같이 목이 타던 반세기의 날들

어버이는 그리운 화석으로 선산에 묻혔는데
TV 본문 활자로 날아온 生의 꽃소식
사리원 하늘에 푸른 깃발을 흔들고 선
68세 할아버지가 다 헤진 신창의 외발로
사리원에 내걸어 놓은 18세 얼굴

꿈속 같은 꿈길을 따라 소리쳐 불러 본다
'오빠야' 얼마나 찾고 싶은 이름이었나
'오빠야' 부를수록 그리움만 쌓여 가는 하늘
외발로 걸어오는 일방통행에
꿈길이 활짝 열린다

생사 확인 5
―달의 얼굴

태초의 침묵을 고집하는 달은

초하루에서 그믐까지
차고 기우는 얼굴로
지구촌 구석구석을 보여 주는
한 달이 있기 때문이다

동산에서 서산으로
옮겨 가는 달의 걸음걸이를
낮엔 우윳빛 밤엔 치자빛으로
바라볼 수 있는 하루가 있기 때문이다

한반도의 38선
네가 반세기가 넘는 침묵을
아직도 고집하고 나선 것은

메니에르병*에 걸린 이 민족을
세계인들이 외면하고 있기 때문이다

* 메니에르병 : 회전감 있는 현기증과 청력 저하, 이명(귀울림), 이
충만감(귀가 꽉 찬 느낌) 등의 증상이 동시에 발현되는 질병으로,
1861년에 프랑스 의사 메니에르(Meniere)에 의해 처음 기술되었다.
아직까지 병리와 생리 기전이 완전히 밝혀지지는 않았지만 내림프 수
종(endolymphatic hydrops)이 주된 병리현상으로 생각되고 있다. 메
니에르병은 급성 현기증을 일으키는 가장 대표적인 내이 질환이다.

팝콘과 며느리

방금 튀겼다며
축구공처럼 탱탱한 팝콘 봉지를 들고 온 그녀

16강을 향해 달리는
대한민국과 프랑스의 FIFA 월드컵

불티같이 튀는 긴장을
맛으로 즐기는 입가에, 팝콘같이 터지는 함성

그녀의 따뜻한 마음, 군불같이 타오를 때마다
밥풀꽃으로 환해지는 집안 구석구석, 사철 없는 봄날이다

치자꽃 시드는 노을길에
하얀 웃음 날리며 들어서는 그녀, 청보석으로 빛난다

어머니의 해넘이

항상 우리들 가슴에
하늘로 앉아 계시던 어머니
언제부터였나
열꽃 진 자리에 저승꽃 하나 둘 피더니
거닐던 동산에 신 벗어 놓고 방에 들어
무릎으로 기고 어느 때는 엉치로
세상 배밀이를 하더니 요즈음은 와불로 누워
아들 등에 업히고 며느리 품에 안기면서
시나브로 세상 얼굴을 하나 둘
지웠습니다 어느 날 갑자기 아기로 돌아간 어머니
하루에도 몇 번씩 수화기를 들고는
'여보세요, 여보세요' 세상을 불러 세웠지만
세상이 먼저 떠난 빈 자리에 켜켜이 쌓이는 침묵
머쓱히 웃고는 전화기를 밀어 놓았습니다
그날은 돌연히 숨이 차
평생의 숨소리가 모두 턱으로 몰려온 듯
길고 깊은 큰 숨을 고르다가 마지막 눈
한 번 떠 보고는 불씨가 꺼지듯
따뜻한 껍질만을 남겨 두고는
잡을 수도 따라갈 수도 없는 길로 횡하니
떠나셨습니다 어머니 탯줄을 놓쳤습니다
끊어진 자리가 100일이 지난 오늘도 너무
아픕니다 어머니

무너지는 산

그가 내 곁을 떠나던 날
하늘은 구름을 안고 낮게 내려왔고
생광목 찢어지는 울음소리는
서울 거리를 종일 맴돌고 있었다

천 근의 발걸음으로 걷는 길
밤 하늘엔 초사흘 기운 달이 걸렸고
늘 있던 별자리들도 보이지 않았다

내 가슴속 산 하나가
이토록 무너졌는데
이 땅에 달라진 것이 하나도 없다는 사실이
나를 어리둥절하게 만든다

자고 나면 일상의 일이
역사의 바퀴를 굴리고 간다
무너진 산을 외면한 채

축시
—고희를 맞는 남편에게

‘여보, 사랑해요’
40년간 한 이불 한솥밥 먹으면서
한 번도 불러 보지 못한 말

古稀를 맞으면서
말문을 열어 봅니다

20대 후반에 ‘선’으로 만나
2년간의 장고 끝에
300여 편의 엽서 편지를 쌓아 놓고
딸 하나 아들 둘에 손자 손녀 키우면서
소리 내 불러 보지 못한 말

‘여보, 사랑해요’

문밖에만 나서면
베란다에 빨래 널리듯
사방에 널려 있는 말
오늘 입 밖으로 불러 봅니다
‘여보, 사랑해요’

당신의 사랑하는 아내 한솔

아재 금비녀는 뉘에게

추수 지나 지정되느냐고 허리 굽어졌다는 할아버지
손자며느리로 15세 신랑 맞아온 마람터* 아재
비단옷 입으며 6남매 재미있게 짝지어 놓고
물같이 산같이 살아온 아재의 금비녀
대추 몇 되 들고 장날 장터에 나갔다
난데없이 다가서는 낯선 두 젊은이
아들 며느리 횡액을 풀어야 한다며
바닷가로 데려가 바다를 보고
나무관세음보살을 300번을 외우라 한다
금비녀 금반지 뽑아 주고 대추도 몽땅 주었다
풀어진 쪽은 바닷물에 쓸려 온 막대기에 꽂아 놓고
이튿날 아재집 찾아온다는 약속을 손에 쥐고
부정 타면 안 된다는 말이 겁나
옆도 뒤도 보지 않고 집으로 왔다
입 눈 귀 조심하며 울안 정결히 하고 떡을 찐다
종일 기다리던 길손, 저녁이 되서야 '아이쿠 내 금비녀'
가슴을 쳤다는 이야기 듣고
상가집 조카 상재를 웃음바다로 만든 아재
금비녀 쪽진 머리는 볼 수 없다
집집이 할머니들 금비녀 반지 빼준 이야기
고을마다 가슴속에 살아 있다

*마람터 : 강원도 강릉시 연곡면 소재 마을 이름.

문중의 둘째 형님

산에서 신선초만 뜯던
별나게 다리가 가는 사슴
겹질린 발목으로 하산을 했네

강릉 최씨 종가댁 애기씨 마님
잔나비 띠 둘째 형님

지인知人의 차명으로 사놓은 평택 땅도
유서로 남겨 준 고향 산자락도 잡지 못하고
온 여름 누워서 갈비살마다 말갛게 비우시더니
인생의 퍼즐놀이 모두 던지고 떠나셨네

그녀가 아끼고 사랑한 모든 이들 모여
울음소리 삼켜서 핀 하얀 눈물꽃에
둘러싸여 불꽃 길에 드셨네
육신은 사리로 지상에 두고 천상의 세계로
떠나는 영혼 단풍잎마다 손사래치는데

'맛있다', '하므 가느냐' 내게 들려준
그녀의 말소리 물매미처럼 내 곁을 맴도네

주교 서품식 날
―박경조 프린시스 주교

오늘같이 영광스러운 날
눈물샘이 소리없이 흐릅니다
모처럼 꽃단장한 뺨에
얼룩질까 싶어 눈길을 들어
반짝이는 주님의 성좌 위로 하늘 창을 올려다봅니다

아, 그곳에
올리브 잎들 창 가득 꽃잎으로 피었습니다
하느님의 미소가 무지개 햇살로 성당 가득 쏟아지고 있
습니다

성당 안과 밖에 모든 교인들 가슴 갈피마다
성총이 쉴 새 없이 파도쳐 오고 있습니다
성가지를 들고 하느님의 축복이
빛살같이 내려오고 있음을 보았습니다

대성당 창마다
아름답게 형상화한 올리브 잎새들의 생명을
내 눈물방울을 통해 오늘에서야 발견했습니다

주님

혼자서 피는 꽃은 아무리 고아도 잊혀집니다

들꽃의 놀라운 기쁨은 꽃송이들이 어울려 필수록 아름

답습니다

오늘의 기쁨이 '솔로몬의 영화' 로 남지 말고

우리 교인 모두 주교님과 더불어 함께 피는 들꽃이고

싶습니다

내한성공회의 온 세계의 크리스챤들

모두 기쁨되는 들꽃으로 피어

하느님께는 영광 땅에는 영원한 평화

이루게 하소서

연이 한빛약국

태초에 혼돈을 출발한 빛이
이곳에 한빛으로 멈추었나니
늘 삶에 쫓겨 돌보지 못한 몸
아픈 자리마다 신비의 선약[仙藥위]을 얻어
한 점 티 없이 낫게 하소서

그녀의 시詩 속으로

소지 올리지 못한 불꽃
보듬어 안고 한 생을
갓길 없이 걸어가는 한 여인

타는 갈증이 전신에 몰려 올 때면
예각으로 뾰족뾰족 일어서는 관절들의 비명
한 번도 소리 내지 못한 그녀의 현絃이 떨려 오면
내 가슴의 현絃이 그녀보다 먼저 황소울음으로 운다

실존의 미로

오석같이 깜깜한 밤
상림지에 손전등을 비추면
천년 침묵이 흔들리는 나무들 잎새 소리

'랄랄루루' 인간과 공생하는
진득이들의 창궐을
육안으로는 볼 수 없는 사람들

우주인들만이 보는
보석같이 아름다운 푸른 별(지구)
어디서도 찾아볼 수 없는 하느님의 실존
우리들 마음 갈피갈피에서 만나는 교우들

어머니 성가聖歌

"기쁜 마음 하나 되어
주님 찬양하게 하소서"*

오늘도 '프란시스 홀'에선
어머니들 성가가 아름답게 울려 퍼지네

자녀살이 남편살이 시집살이로
파란 녹을 뒤집어쓴 목소리들이
닦을수록 반짝이는 성물聖物같이 빛나네

아기들이 떠난 태胎자리 곱게 접힌
아랫배, 깊이깊이 생명수를 마시면

몸 구석구석의 공명통이 활짝 열리면서
쏟아져 나오는 깊고 맑은 소리

어두운 세상에 빛이 되신 주님의 사랑*

잃어버린 소녀 시절 꿈 조각들이
메조 알토 소프라노의 날개를 달고
'대성당' 종탑을 돌아 하늘까지 오르네

기쁨과 감사의 성체를
‘도돌이표’로 노래하는 어머니들

나눌수록 커지는 교우들의 사랑이
하느님의 영광을 영원토록 찬양하네

* 성가책 ‘기도문’에서 따옴.
* ‘세상의 빛’ 노래에서 따옴.

2.

우면산 1
—소망탑 오르는 길

소라 아파트 앞
횡단보도를 건너면
우면산에서 쏟아붓는 산내음
풀향기가 온몸으로 달려든다

매연에 찌든 허파꽈리들
하나씩 터트리면서 걸음을 재촉하면
돌뿌리들 비껴 앉는 풀섶에
산제비꽃 밥풀 같은 흰 얼굴로 반긴다

출렁다리 건너
가파른 통나무 계단을 오르면
약수터에 들어선 갖가지 운동기구들로
삶에 삐걱거리던 관절들
나뭇잎맥처럼 파랗게 일어선다

정상에 올라 강북을 바라보면
두 마장 건너 팔백 살 넘은 향나무와
열 살도 안 된 대법원 청사
그 너머로 한강과 잠수교
그 뒤로 남산과 서울탑

더 멀게 북한산과 도봉산이 한눈에 들어온다

발치에 채이던 크고 작은 돌조각들
산을 오르는 이들 비손에 들려
하나 둘씩 올려 쌓여진 소망탑

탱탱 연근 시詩들이 몰려와
보름달을 이고 탑돌이를 한다

나 오늘 또 한 개의 소망돌을 얹는다
곪아 터지지 못하는 이산의 아픔과 아프칸의 평화를 위해

우면산 2

늘 어머니 가슴으로 서 있는 산

숲에 떨어진 햇살을 잡고 오르면
생수는 별빛 같은 소리로 날 부르고
풀잎들 까치발로 일어서 산길를 열어 주네

백팔 계단 밟아 소망所望탑에 서면
소망돌 한 개씩 쌓는 무명의 장인들
세상사에 긁힌 상처마다 새살 돋네

산꿩이 꿩꿩 산문을 열어 놓고
달빛 마당 흥부가가 춤사위 추켜도
잠자는 소의 등으로 앉아 있는 산

오늘도 눈만 뜨면 그에게 달려가네

우면산 3

그의 노년기를 '잠자는 소의 형상' 이라
맨 처음 불러 준 이는 누구였을까

남(타자)을 쫓던 눈길이
나(자아)를 들여다보는 노년기에 들면
보이지 않던 풍경들이 보인다

우뚝우뚝 솟은 손등에 푸른 산맥이 보이고
몸 구석구석을 달리는 강줄기의 여울 소리 들려온다

참선에 들어선 그에게 열려 오는 내면의 세계

나무들이 흘린 조각보 같은 햇살로 자란
풀잎들 까치발로 일어서 피워 올린 풀꽃들

많은 이들의 소망돌 하나하나로 일어선
소망탑 앞에 합장하는 이들의 보리심

밤마다 노래하는 오방색 분수에서 춤추는 발레리나들

명성황후, 목줄을 일으켜 세기의 설움을 노래하는 오페라

춘향가보다 더 숨찬 풀벌레 소리
달빛 마당에서 춤사위를 추기고 있는 홍부가

우향이 떠난 후 활활 타지 못한 채 매운 연기 속을
달리는 운보의 준마駿馬도

별빛 찰방거리는 장수샘 곁에 줄선 물통들 여울
산허리를 돌아 이야기 한강으로 떠나고

차들의 소음으로 잠 설치는 숲속 새들이
어디로 떠났을까

틈새 공원의 풀꽃
―쪽빛 동네

콘크리트로 도배해 놓은 골목길
밤마다 외눈 밝혀 흙을 찾는
외등 발가락 사이에 제비꽃 한 포기

황사바람 몰려 오고
겨울 가뭄에 봄 가뭄이 겹쳐도
날마다 피어 올리는 반지꽃 하나, 둘 …… 아홉, 열

눈 높이를 낮추지 못하는 이
이 절묘한 꽃 잔치에 초대받지 못하니

시멘트 모르타르에
십 년 이십 년 갇혔던 모래알들이
우우 빗물 눈발로 쓸려 온 곳에

옥토를 쫓겨난
맨발의 풀씨들이 틈새를 찾아 꿈을 가꾼다

씀바귀 민들레 보리뱅이 애기똥풀 강아지풀……

오늘도
골목길 틈새마다
햇살을 인 풀꽃들이 환하게 웃고 있다

안면도는 잠들 수 없다

서해대교를 달려
안면도에 들어서면
바다보다 먼저 소나무들이
여기서 저기서 달려온다

내륙 어디서나
지천으로 자라는 잡목들
눈 씻고 찾아도 볼 수 없는 이곳엔
스크랩을 짠 소나무 숲만이
뜨거운 햇살을 걸러 주고 있다

바다 물살이 7천 년 시간을 엮으며
바람과 손잡고 이루어 놓은
세계 제일의 아름다운 해안사구 안면도

썰물이 떠난 빈 바닷가엔
은빛 모래가 사계로 다져지고
초속으로 찍힌 시조새의 발자국들
천혜의 모래 그림으로 만져 볼 수 있는 곳

오늘도 눈에 보이지 않는
사구로 사구로 이어지고 있다

찰그락 찰그락 밤바다를
밀물로 밀고 오는 먼 바다의 시어들이
솔가지에서 광솔로 길이 나는데

언제부턴가 이곳엔
바다와 사람들 간의 싸움이 한창이다
사구를 독점하려는 인간의 조형물
빼앗기지 않으려는 바다와의 싸움이
안면도의 잠을 흔들고 있다

송이버섯이 자라는 마람터*

흙을 떠받들고 송이가 올라온다는 신앙리
가장 높다는 매봉산이 멀리 서 있는 마람터
크지도 않은 산이 바위를 쪼아 물을 흘려보낸다

너른 계곡 통바위 못을 맴돌고 있는 물가엔
억새풀이 할미새를 부른다
길게 고개 뺀 붓꽃, 진보라빛 얼굴로
한쌍 물잠자리 어울리는 춤을 본다

붉은 허리통 길게 내놓고, 하늘 쫓아가는 소나무 숲
무릎 아래 애기솔, 팔 벌려 햇빛을 끌어안는다
노란 솔잎 발등 덮어 가는 흙속엔
푸른 솔향기로 빚은 송이, 갓을 쓰고 상아빛 허리로 올
라온다

*마람터 : 강원도 강릉시 연곡면 소재 마을 이름.

동천석실을 오르는 길
—보길도

'붙잡고 오르라' 고
붉은 허리를 통째로 내주며
사스레피나무가 여기저기 서 있는 숲속 길

동백나무는 '밟고 가라' 고
수세기 동안 땅속에 키운 굵은 뿌리를 꺼내
산길에 계단지석 같이 올려놓고
발뒤축을 받쳐 주는 길

굵은 모래알에 앗차 스키를 타면
고관절 '다칠라'
손바닥같이 펼친 돌 조각조각을
지켜보고 선 바위 곁을

고희古稀를 넘어선 동창들이
발걸음마다 눈 불을 켜고 오르는데
스무 살 대학 캠퍼스를 데구루루 구르던 그때 웃음소리
세연정에서부터 따라와 잎새들마다 팔랑팔랑 반기네

반세기의 광속光速을 온몸에 문신하고도
맑은 목소리 빛 바라지 않는 교우

현명한 아내 순종하는 며느리에서
시어머니로 자리바꿈을 한 노을빛 얼굴들
오늘은 곱게 물든 산을 오르네

시샤팡마
—8700m 고지를 향해

영하 30℃ 하얀 정글에 꽂히는
햇살마다 눈, 눈 시리다

'오라' 부르는 이 없어도
히말라야 사나이들 눈만 뜨면 설산으로 간다

칼날 같은 능선
때 없이 쏟아지는 낙빙
돌아서고 나면 다시 만나는 빙설
블랙홀에 빠져드는 크레파스의 공포

설벽과의 싸움은 발등에 내려놓고
이제 그는 자신에게 도전한다

나를 버렸다가 찾아들고
다시 잃어버린 자신을 추스려
천금의 시간 속 설동에 들어선다

시샤팡마 당신품에 안기는 것은
태초의 침묵 한 바소쿠리 헐어 내
그곳에 서 있는 씨알을 찾아가는 길이다

오하우 가는 길
—45주년 수학여행

11,277m 높이를
시속 863km로 날으는
창공은 영하 57℃
기압골 지날 때마다 크게 뒤척이는 하늘

내 유년의 푸른 하늘을
은빛 꿈으로 날아간 비행기 찾아
오늘도 행운을 안기까지
고교 졸업 45주년을 기다렸다

뒤돌아볼 새 없이 달아난 젊은 날
시간의 떫고 쓴맛 하얗게 우려낸 노년이
붉게 타는 노을을 등에 업고 앉아 있다

비행기의 고음高音을 리시버Receiver로 지우면
온몸으로 밀려드는 '타이슨의 명상곡'

어느 찻집에 두고 와 지금은
노랗게 떡잎 진 나의 물망초
가슴 가득 피어나는데

어제 서울에 두고 온 2001. 6. 5
날짜 변경선에 걸려 오늘 다시 찾아든
하루를 보태 달려가는 수학여행

美洲서 달려온 동창이 걸어 준
꽃타래(레이)가 가슴마다 활짝 피는데
오히아 나무에 핀 레후아 꽃이
우리를 반긴다 '알로-하' *

갑자년을 훌쩍 넘어선 얼굴
얼굴마다 고교생의 웃음소리
하와이섬 가득 넘쳐난다

* 알로-하 : 안녕하십니까.

오하우에서

―폴리네시안 불춤을 보며

1935년생 배년튜리가 큰 몸짓으로
오가는 이방인의 발걸음을 지켜 보는 곳
부우겐 빌라꽃이 담장을 사철 꽃으로 엮어 가는 곳
지천으로 핀 이태리 봉숭아 만큼이나
사람들의 얼굴도 밝고 다정한 곳

어느 골목 모퉁이를 뒤지고 살펴도
굶주림과 아픔의 그림자 하나
찾아볼 수 없는 이곳에 밤이 오면
Waikiki 해안에 어둠을 열고
폴리네시안들이 불춤을 춘다

초원을 내달리던 맨살의 사내들
가슴에 묻어 둔 불꽃을 들고
세상을 따뜻하게 밝히는 불춤을 춘다

가슴속의 불꽃 활활 태우지 못한 채
소진해 버린 初老들이
잃어버린 시간들을
폴리네시안 불꽃춤에서 찾아들고
춤을 춘다 '딸로파'*

* 딸로파 : 안녕하십니까(사모아어).

발리섬 사람들

햇살이 사금으로 반짝이는 바다
수천만의 별이 또랑또랑 눈뜨는 하늘

크지도 작지도 않은 키
찌지도 마르지도 않은 몸매
알맞게 썬팅한 살결로
꽃과반을 이고 사당을 찾는 여인들이 줄선다

365일 아침저녁 제를 올리는
풀꽃같이 순박한 얼굴들

우주를 다스리는 신에게 첫 제를 올리고
지구인 · 아시아인 · 인도네시아 · 끝으로
발리섬 · 내 가정을 위한 제사를
쫓기는 일 없이 한가롭게 돌아가는 곳

내 삶 어느 한구석에
에메랄드빛으로 빛나는 지구를 위해
기도한 날 있었나 환갑이
발리섬에서 모닥불로 탄다

브라질에 핀 꽃

깃광목 햇볕에 바랜
눈 시리게 하얀 필목들
풀 먹여 다듬이 한 반지르르한 옷감들
손 바느질로 한 땀씩 완성한 옷들 두루마기 저고리 바지…
입고 나서는 카랑카랑한 선비들 발 가는 곳은 어디나
배고픈 보릿고개를 넘어야 하는 허기진 날들
까실한 삼베옷에도 땀띠가 기승을 부리는 여름날
아침 일어나면 방 안의 물그릇이 꽁꽁 얼어붙는 겨울날이
었다

6.25전쟁으로 유엔군국 참전하여 젊은 피로 얼룩진 땅
오늘도 38선은 신혼부부 자녀 형제의 이별과 사별 피도 눈
물도
철통같이 외면한 채 천만 톤의 무게로 막고 서서
환갑의 나이를 손꼽고 있는 억장이 무너지는 날 날…날

허기진 남루한 세월을 어깨에 메고 낯선 땅으로 이민 간 후
바람결에도 들려오지 않는 무소식으로 내 늑골엔 그리움이
한 자씩이나 쌓여 통증을 다독여야 했던 날들

나는
리오데 자 네이로 정상에 꼬르꼬바도 예수님께 예배하고
이과수 폭포수로 평생의 과욕 씻어 내고
석수들 솜씨만 남은 텅빈 잉카왕국 마추픽추의 햇살
온몸 구석구석에 흡입하여 빛살같이 환한 얼굴

우리의 만남은 기쁨 행복이 바다같이 출렁이고
고희 나이를 벗어 버린 곱고 우아한 중년의 여인으로 돌
아왔다

깃광목 하얗게 길들이는 우리 할머니의 솜씨가 이 땅의
의류衣類문화를 업그레이드하여 탄탄하게 이끌고 가는 이
민 1세대 2세대의 초석이 된 그녀의 솜씨. 우리 민족의 뛰
어난 솜씨 근면성 성실에 브라질 정부도 감탄하여 한국인
에게 노no비자의 훈장을 주었다

지구인들의 산소를 공급해 주는 나라 브라질의 국화國花
이빼서나무에 빨간 꽃으로 활짝 핀 그녀 천만년 지지 않는
꽃으로 사랑받으리

3.

나무와 나

일 년에 한 번 보는

너의 꽃으로
닫힌 내 가슴은 활짝 열렸고

너의 잎으로
오존층 내 살빛을 막아 주었으며

너의 열매로
내 입맛은 늘 새롭게 되돌아왔다

일 년 내 이어지는

나의 세 끼는
동식물의 죽음을 강요했고

나의 수영은
많은 물을 더럽혔으며

나의 화장은
많은 이들의 눈빛을 헷갈리게 했다

시를 쓴다고
나무껍질만 수없이 벗기던 나
뉘 가슴에 샘물 한 바가지 퍼준 날 있었나

꽃과 여인

꽃마다 빛깔이 있고
향내음이 있듯

여인도 외모가 있고
휘젓는 분위기가 있다

화려한 꽃에 머물기보다
향기 놓은 곳에 오래 머물고 싶다

외모가 아름다운 여인이기보다
꽃내음 좋은 여인이 되고 싶다

사각지대

운전대에 앉아 안전벨트를 채우면
시동 소리와 함께 달리는 차
앞뒤를 살피면서 옆을 보면
눈길 닿지 않는 곳에
사각지대 하나가 꼭 따른다

차를 타지 않아도
24시간 나를 끌고 다니는
내 머릿속 한 모롱이에
눈길 닿지 못하는 사각지대 있어
오늘도 손길 가지 않는 청록이 쌓인다

그녀와 석류

황사바람 거리를 지우는 날
봄꽃들의 축제를 하고
작은 냉이꽃도 길섶에 앉아
'나도 꽃 되었다' 고
'나' 를 내세우는데

지체 높은 종가집
돌담 안에 석류나무로 서 있는 그녀
가까이 갈 수 없어
밖에서만 바라볼 뿐입니다

산야가 초록물에 지칠 때
心血의 빛으로 꽃등을 내 거는
순색純色의 빨강통 꽃
그보다 더 순도純度 높은 사랑 꽃을
나는 만나 보지 못했습니다

소슬바람 일어나
하늘이 쪽빛으로 달려갈 때
홍보석 투명한 열매로
우주를 열고 나서는 석류
그를 만나는 가슴 자락엔
석류꽃 한 송이씩 피어납니다

화상

잘 나가는 이들의 엇갈리는 말이
오래도록 귓바퀴에서 맴돌면
나는 불 곁에 가까이 가지 않아도
온몸의 화상으로 밤잠을 설치는 날이 많다

얼음 주머니 끌어안고 화상 연고를
더캐로 발라도 화끈거리는 아픔
시간의 연고가 흉터를 남기고
그들을 지우기까지 얼얼 매운 날이 쌓인다

입맛 · 시간의 맛

달다고 언제나 '꿀' 만을 찾는 이 있을까

이른 봄 씀바귀 나물의 쓴맛으로
봄 타는 이 밥맛이 돌아오듯

한여름 매운탕의 뜨거운 맛으로
더위 먹은 이 원기를 얻듯

한겨울 얼음 뜬 동치미의 맛으로
냉면 맛을 즐기듯

우리 입맛을 천천히 새김질해 보면
삶의 쓴맛 단맛 떫은맛 매운맛도

입맛과 같은 시간의 맛 아닐까

밤송이

살피를 찢는 파열음과 함께 얻는 득음得音의 세계世界

바늘 하나 세울 틈 없는 여린 송이가
한여름 빳빳한 가시로
세상과 맞섰던 그의 젊은 날도
가을 해 짧아 가는 노경老境에 들면
성글성글 성글어 가는 가시 틈새에
바람도 햇살도 뒹굴다 가는 푸른 날
툭
툭
지평地平을 여는 노을 속 아람이
풀벌레 연주하는 풀섶에 앉아
긴 긴 동안거冬安居에 든다

당신의 시

당신의 시 속으로 들어서면

여울의 맑은 모래가
또랑또랑 눈을 뜹니다

손끝 닿는 시어들마다
봉숭아 씨방으로 톡톡 튑니다

행간 행간의 끈을 당기면
먼 수평선이 끌려 옵니다

한 연 한 연 낭송을 하면
천 개의 가슴통이 울립니다

탄탄하게 엮어 가는 씨실 날실
따뜻한 명주 한 필로 펼쳐지는
당신의 시 세계입니다

혼불

언제부터였나

내 속에 나를 찾아
밤이슬 흠뻑 이고
길 아닌 길을 찾아
시 아닌 시를 골라
내 혼에 불을 당긴 것은

빈 항아리 1

다 퍼주고 난 빈 항아리
뚜껑도 깨고 빈 하늘만 이고 있다

한낮에 햇볕이 들어와
종일 머물다 떠나고

한밤엔 별달빛 달려와
숨바꼭질 놀다 간다

비 오는 날 온몸으로 장대비 맞고
눈 내리는 날 함성 없이 날뛰는 눈발들
설산의 침묵으로 눌러 앉힌다

오늘은 빈 항아리
장독대에서 쫓겨나
길거리에 앉아 있다

빈 항아리 2
―아줌마 시인

다 퍼주고 난 빈 항아리
뚜껑도 없이 앉아 있다

며느리 아내 엄마
항상 월급 없는 가정부
때론 간병인 교사로
쉴 새 없이 변신해 온 날들

크고 작은 일 무겁고 어려운 짐
닥치는 대로 지고 이고 안고
허리가 휘도록 들고 뛰어왔다

내 젊음 언제까지
늘 그 자리에 멈춰 선 장승같이 믿고
앞만 보고 달렸다

해마다 굵어 가는 허리통과
시나브로 가늘어지는 다리통

어느 날 내 키를 훌쩍 넘어선 아이들
하나 둘 짝을 만나 떠난 빈 자리에

빈 항아리로 하늘을 안고 있는 낯선 얼굴 하나
중년의 여인으로 돌아와 나를 응시한다

너무 오랫동안 까맣게 묻혔던 詩싹이 눈을 뜬다
읽고 쓰고 듣고 보고 느끼는 모두가
커다란 스펙트럼을 통해 빈 가슴에서 용트림한다

삶의 협곡을 달려온 곰삭은 시를 찾아 헤맨다
온밤 불밝혀 詩語를 엮어 가는 손등에 새벽별이 뜬다

오늘도 빈 항아리
푸른 하늘이 들어와 앉아 있다

늙은 모과나무

땅 위에 홀씨로 날아와
뿌리 하나 내리느랴
밤을 낮같이 밝힌 날들

달이 차고 기울기를
수없이 거듭나는 동안
목이 타 줄기가 마르던 날
돌개바람으로 뿌리가 들썩거리던 일
벌레로 잎이 뜯기던 날도 있었지만
봄바람에 튼 살이 껍질로 떨어져 나가는
가지엔 잎 피고 꽃 지고 열매가 달렸다

서릿발로 일어서는 늦가을
모과 향으로 하늘이 노랗게 열리고
부름켜로 불거져 가는 노목
언젠가는 떠나야 한다

바그마띠 강가 장작더미에 오른 화장
얄롱 강가 산바위에 누운 조장
이 땅 어느 공원묘지에
햇살 떨어진 매장
삶의 거푸집 하나 남겨두고
찾아갈 길이 남아 있다

하루 한 번은

바쁠수록 하루 한 번은
꼭 하늘을 바라볼 일이다

초등학교 방학 때마다 쓰던 일기
☀☁☂⛄ 그날을 그리려고
날마다 하늘을 쳐다보던 일

일기는 못 써도
하늘 바라보기 하나만은 단단히
몸에 붙였어야 했는데 요즘
나는 번번히 이를 잊고 산다

무지개 뜬 하늘은 아니지만
구름 한 채 서서히 옮겨 가는 하늘
어느새 햇살 한 줌 잡고 일어서는
나를 만날 수 있다

가끔은 밤하늘을 찾는다
내 눈빛 갈 때마다 반짝 일어서는 별
그믐밤 가슴이 보름달로 뜬다

놀이터

아파트 숲 놀이터
아이들 웃음소리 들리지 않는다
온종일 기다려도 까치 소리뿐
빈 그네 햇볕만 혼자 맴돌고
미끄럼틀 바람만 몰려와 미끄러진다

시이소 마주 앉아
삶의 무게 나눌 이 없는 나
녹슨 철봉대에 매달려
삶의 턱걸이만 연습 중

아무도 오는 이 없는

바오밥나무* 곁에서

사금파리 없는 동산에서
낮밤의 경계를 헐고
시詩의 산실産室을 가꾸는 이들

봄 햇살 가득 파종을 서둘러
천년千年 우로雨露에도 빛바래지 않는
푸른 숲으로 일어선다

뙤약볕에 소금꽃 피어
왕王자를 긋는 이마들마다
해갈로 오는 육각수 곁에

밥풀꽃 소복히 피는 푸른 마을로 오늘 아침도 달려간다

*바오밥나무 : 수령 천년을 넘게 사는 열대지방의 나무.

잔상殘像

나는 가끔씩
낯선 시인들을 만나고
많은 사람들을 잊어버린다

시간과 함께 떠나는 이
시간은 가도
떠나지 않고 멈춰
잔상殘像을 깊게 음각하는 사람이 있다

그는
처음 만나는 그 순간부터
헤어지는 시간까지
우리 얼굴 구석구석에
달빛 같은 웃음을 펴주었다

한낮보다
밤으로 갈수록 진하게 묻어오는
하얀 수수꽃다리 향으로

잔상殘像의 한 사내가
정한수 같은 맑은 얼굴로 서 있다

도솔천 몇 번을 건너뛰면 저토록
얼굴빛 해맑은 애기손으로 돌아갈까

사람의 가슴속 머릿속을
은어의 뱃속같이 들여다보는

그가 삶에서
'하산하는 법'*을 익히라고 손을 잡는다

* 하산하는 법 : 신용선의 둘째 시집명.

노을 앞에 선 피사체

그 마음 어느 자락에
아직도 하늘거리는
꽃바람 불고 있었는가

그 몸 어느 모롱이에
지금도 빛바래지 않은 수줍음
붉게 물들고 있는가

옥색 모시 치마
한 폭씩 풀어지고
뽀얀 속살 설레이는 그곳에

흙 마르지 않은 꽃무덤
오늘도 생흙이 흘러 내리고 있는가

삼베

깔깔한 성깔로
사랑받는 이가 있다

빳빳한 풀물로 온 여름
삼대 숲 바람 일으켜 세우는 이

여인의 뽀얀 무릎에서
두 가닥 도르르 말려
삼실로 일어서는 이

물을 만나면 더
보드랍고 강인해지는 이

햇볕에 바랠수록
속살부터 희어지는 이

세상 짐 벗어 놓은 하얀 길 끝
잔디궁 속에 삭으면서도
빳빳한 뼈대 보듬고 있는 이가 있다

동창회 날
―졸업 50주년에 붙여

우리 생애生涯의 봄날은
'天下附高'에 자랑스럽게 입학해
아침마다, 고픈 잠 털면서 희망나무를 가꾸었네

땡볕 아래 탐스런 석류로 큰 우린
알알이 홍보석 되어, 졸업식 날 푸른 세계를 향해
민들레 홀씨같이 날아간 반세기

오늘, 만나는 친구마다
세월에 떠내려간 고교 시절
우리의 자화상이 돌아와, 거울 앞에 선 듯 반갑네

가을 단풍처럼, 곱게 물든 우리 소중한 날
초속의 역풍이 몰아칠 때면
지상地上에서 멀어져 가는 그리운 이름들……
하나 둘 빈 메아리로 쌓이는 저녁노을이 눈물겹네

인생人生의 떫고 쓴맛
하얗게 우려낸 고희古稀의 얼굴마다
오늘은 동안童顔의 웃음꽃 활짝 피었네

늘 서릿바람 불어오던
삶의 여정旅程도 이제는
군밤 노랗게 벗는 향기와 맛으로 출렁이는 곳

이야기샘 한 두레박씩, 퍼 올릴 때마다 젊어진 우리들
서로의 마음밭에 물망초勿忘草* 한 포기씩 심고
유월 파란 하늘가에 금방울 같은 추억 하나 달아 놓았네

한 사람 또 한 사람 청보석靑寶石보다 귀貴한 동창들
해마다 노송老松같이 서서 날마다 날마다 푸르소서

* 물망초 꽃말 : forget me not.

고교 남녀 동창회

낯선 얼굴들
동창의 이름으로
47년 세월을 접고 둘러앉았다

빛 바랜 생소한 얼굴들
바라볼수록 옛 모습
언뜻언뜻 물무늬져 온다

한 점 잘못 없이도
마냥 부끄럽고 수줍던 날들
아직도 한구석에 남아 있어
반짝반짝 눈을 떴다 감았다 한다

의사가 된 동창의 말

'갱년기를 지나면서 서서히
아주 서서히 남성은 여성화로
여성은 남성화로 홀몬 변화가 온다'

이때 발맞추기를 잘하는 부부
소꿉놀이 부부로 다정한
부부의 像을 남기고 떠난다

빳빳히 세운 흰 칼라
어느 강둑에 던져 버리고
하나 둘 대열을 빠져나간
동창의 슬픈 소식 들려올 때마다
가슴살 저며 내는 아픔이 따라온다

오늘 저녁노을은 슬프도록 아름답다

무제

함께 있으면 떨어져 앉아도
서로 부딪는 소리가 오르내리는 부부
가끔 외출하는 날
같이 대문을 나서도 갈수록 멀어져 가는 거리에서 홀로
걷는 이
그들이 함께 공유하는 에센스 같은 한 사람을 가졌다
부부의 대화창對話窓에 그가 들어서면
우린 언제나 즐거운 끝말잇기 놀이하듯
한겨울 한여름을 벗어나 오월의 숲으로 뛰어든다
산소 같은 사람 시詩를 좋아하는 사람
시인을 '짝사랑' 하는 이 숲에 떨어진 해가 빨갛게 탄다

수영장에서

—접영蝶泳

양팔의 나래가 바닷새같이 나는
해수海水에 뛰어들면
수경水鏡으로 만나는 어머니 나라

한강봉漢江峰* 멀리 흘러간
미망未忘의 시간들 모천母川으로 돌아와
물가지마다 감겨 오는 태반의 양수를 만난다

한 번도 날지 못한 날갯죽지 활짝 펴고
발길질 한 번 못한 두발 모아 힘껏 차면

'애야, 발로 차고 가는 세상보다
양팔로 끌어안는 소우주가 더 소중하단다'

호흡 조절할 때마다 태교 소리 들려 온다

악기를 조율하듯
엄마의 수혈로 다시 일어선
생명 씨앗들, 노래분수로 일어선다

* 한강봉 : 경기도 양주군 백석면 복지리에 소재한 한강을 볼 수 있는
산봉우리.

노경의 창을 열면

쉼표에 서서 인생의 마침표를 묵상 중이다

생애의 짝꿍을 찾아
거리를 쏘다니던 외눈의 날

난반사의 희망점을 향해
부나방같이 불에 뛰어들던 날

소소한 말끝에도 얼얼한
화상을 입고 밤잠 설치던 날

쫓기듯 달리던 고갯길에서
안개로 앞이 보이지 않던 날

모두 썰물같이 빠져나간 빈 자리에
청매화 꽃피어 심경이 눈부신 노을 길

하루 한 주일 한 달이 화살 시간으로 달린다

4.

생명의 양식

마른 대궁에 매달려
풀씨를 자근자근 훑고 있는 참새

겨울날 새들의 성찬이 된 풀씨가
내 눈길을 잡고 놓아 주지 않는다

여름내 뽑아도 뽑아도
무성하게 올라오던 풀꽃들
어느 틈에 양식을 갈무리해 놓고
새들을 손짓하고 있었나

잡초로 뽑혀 나간 풀뿌리들
오늘 내 심장의 핏줄을 감고 오네
쌀 씻을 때마다 뜨물에 쓸려간 낱알들도
모두 키 재기를 하자고 달려오네

팝콘 터진 재잘거림으로 몰려와
아침잠을 깨우던 새들의 노래
메아리만 남고 은하계로 날아가는가

그들 떠난 자리
'비만 클리닉' 하나 둘 큰 입 벌리고 들어선다

현대인이 달려가는 길

황소개구리의 먹성 같은
왕성한 식욕과 성욕
용광로의 불꽃같이
꺼질 줄 모르는 지능으로
인간 복제까지 온 사모스피어 인간은
자연의 질서를 비틀어 놓았다

사바나 초원에서 인간의 허파
아마존 밀림까지 전기 톱날 소리로 밀고 들어가
쫓겨 몰리는 뭇 생명들의 겁먹은 눈동자
처절히 외면하는 끝간데없는 소유욕으로
생태계는 해만 뜨면 파헤쳐 간다

컴퓨터란 섬에 갇힌 사람들
이제는 만나 볼 수 없는
동식물의 세계를 오래된 인터넷으로 찾아
바라보다가 비만에 빠진 현대인
더는 갈 데가 없어 멸종의 날을
만나러 달려가고 있는 중이다

원룸

현관문 잠기면
나 홀로 섬이 된다

물수제비 하나
앵금발로 뛰어오지 않는 사유思惟의 호수
한 오라기 불편 걸치지 않은 생활이 쌓여 간다

세상이 궁금할 땐
인터넷 '즐겨찾기'를 클릭한다

달아난 시간도 번개처럼 돌아오고
흘러간 영상도 벼락처럼 찾아온다
세상일도 이렇듯 나를 따라 주면
젊음도 불럿 곁에 두고 볼 텐데

어젯밤엔 '세상은 넓다'를 클릭해
앉아서 잉카문명을 여행했고
오늘 낮엔 '동물의 세계'에 들어가
타조 부부가 보살피는 새끼들의 성장을 지켜보았다

사바나 초원을 60km로 달리는 그들
교육 덫에 걸려 한 발자국도
마음대로 뛰지 못하는 이 땅의 아이들
장단지가 새다리를 닮아 간다 날 수도 없는데

H.P을 들면 한걸음에 달려오는 목소리들
생생한 삶이 그리운 영상으로 호수에 출렁인다

오존주의보

스모그에 갇힌
아침 해를 본 일 있습니까
-뿌연 하늘에 갇힌 빨강 달덩이-

그의 빛살은
한걸음도 나서지 못한 채
제 몸뚱이에 붉은 화살로 달려들었습니다

열꽃 피지 못해
안으로 안으로 불꽃을 삭히던
그의 얼굴은 서서히
앞 동네 빌딩에 한 입씩 베어
온몸이 다 먹히더니
길 건너 빌라트 옥상 위에
만성 빈혈 허연 얼굴로 나타났습니다

쪽빛 하늘을 찾아
하루종일 온 하늘을 헤매는
그를 보고 있으면

지구의 마지막 숨소리가
뚝딱 뚝뚝 들려오는 것 같습니다

나 오늘은 신끈을 풀고 주저앉아야겠습니다

고구려의 깃발

월악산 송계계곡 미륵사지彌勒寺址엔
신라와 힘겨루던 고구려 온달의
공기돌 하나가 나당羅唐 연합의 통한痛恨을
천년 달빛에 씻어 햇볕에 말리고 있다

역사의 물길은 수없이 바뀌었어도
영봉靈峰으로 우뚝 선 그리운 나라

살얼음져 오는 고독을 온몸에 문신하면서
뇌정벽력雷霆霹靂과 싸우는 광개토대왕비
제국의 복원을 합장하고 서 있다

집안성의 빗장은
녹슨 누덕의 시간을 벗어 놓고
세계 문화유산의 광배光背를 지고 일어서는 2004년

각국의 입사각入射角에 따라
역사의 자리가 흔들리는 오늘
을지로乙支路를 누비고 있는
을지문덕乙支文德 장군의 애마愛馬 울음소리
환도성還都城을 달리자고 발을 구르는데

당신은
조각난 국토의 퍼즐을 찾아 어디쯤 오고 있습니까